사라진 우리말을 찾아라!

풀과바람 지식나무 41
사라진 우리말을 찾아라!

1판 1쇄 | 2019년 6월 10일
1판 6쇄 | 2024년 3월 18일

글 | 이영란
그림 | 우지현

펴낸이 | 박현진
펴낸곳 | (주)풀과바람
주소 | 경기도 파주시 회동길 329(서패동, 파주출판도시)
전화 | 031) 955-9655~6
팩스 | 031) 955-9657
출판등록 | 2000년 4월 24일 제20-328호
블로그 | blog.naver.com/grassandwind
이메일 | grassandwind@hanmail.net

편집 | 이영란
디자인 | 박기준
마케팅 | 이승민

ⓒ 글 이영란, 그림 우지현, 2019

값 11,000원
ISBN 978-89-8389-797-8 73810

※ 잘못 만들어진 책은 구입처에서 바꾸어 드립니다.

이 도서의 국립중앙도서관 출판예정도서목록(CIP)은 서지정보유통지원시스템 홈페이지(seoji.nl.go.kr)와
국가자료공동목록시스템(www.nl.go.kr/kolisnet)에서 이용하실 수 있습니다. (CIP제어번호 : CIP2019018267)

제품명 사라진 우리말을 찾아라! | **제조자명** (주)풀과바람 | **제조국명** 대한민국
전화번호 031)955-9655~6 | **주소** 경기도 파주시 회동길 329
제조년월 2024년 3월 18일 | **사용 연령** 8세 이상
KC마크는 이 제품이 공통안전기준에 적합하였음을 의미합니다.

⚠ **주의**

어린이가 책 모서리에
다치지 않게 주의하세요.

사라진 우리말을 찾아라!

이영란 글 / 우지현 그림

풀과바람

차례

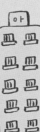

01 등장인물

김아우라

자신만의 고고한 아름다움을 가지길 바랐던 부모님이 지어 주신 이름. 자신감 넘치고 재능이 많지만 자신만이 돋보이길 원한다.
알라차 탐정단의 유일한 여자 단원이길 바랐지만, 예리가 단원으로 뽑히자 화가 잔뜩 나 있다.

알라차!

무엇인가가 잘못되었음을 이상하게 여길 때 또는 어떤 것을 신기하게 여길 때 내는 소리.

대장

친구들은 이름보다는 대장으로 부른다. 정리하는 것을 좋아하고 꼼꼼하다.
"알라차!"라는 감탄사를 말하는 버릇이 있다. 탐정단 아이들이 곧잘 흉내 낸다.

예리

탐정단에서 활약한 지 얼마
안 됐지만, 이름처럼 예리하게 상황을
판단한다. 그리고 반 아이 중에
가장 뾰족한 팔꿈치를 가지고 있다.

물음이

질문하기를 좋아하고
탐정으로서 모든 것에
의문을 가진다.
자주 별명으로 불린다.

엉구

납대대한 얼굴에 할머니의 말투를
닮아 순우리말, 사투리를 자주 쓴다.
잘 못 알아듣는 아이들 때문에
설명하기 바쁘다.

02 얄라차 탐정단에게 온 편지

"딩동댕~~."

수업을 마치는 종소리가 울리자, 선생님이 교실 문을 나서기도 전에 교실과 복도는 순식간에 아수라장이 됐어요.

쿵쾅쿵쾅 뛰어다니고, 바닥을 아이스링크 삼아 온몸으로 미끄러져요.

 우리말 풀이

외 **아이스링크**는 스케이팅, 아이스하키 따위를 할 수 있게 시설을 갖추어 놓은 경기장을 말해.
'빙상 경기장'이나 '얼음 경기장'으로 바꿔 쓸 수 있어.

왁자지껄, 웅성웅성.

"대장, 얘들아, 이것 좀 봐봐."

예리는 놀란 표정으로 사회 교과서를 펼쳐 들고 다가왔어요.

교과서에는 쪽지 하나가 껴 있었어요.

📖 우리말 풀이

- 순 **도담도담** : 어린아이가 탈 없이 잘 놀며 자라는 모양.
- 순 **가리온** : 털이 희고 갈기가 검은 말.
- 순 **서부렁섭적** : 힘들이지 아니하고 가볍게 선뜻 건너뛰거나 올라서는 모양.

"너 연애편지 받은 거 자랑하냐?"

물음이는 예리를 짓궂게 쳐다보았어요.

"인기 많은 아우라라면 모를까, 누가 너한테… 윽."

물음이는 예리의 팔꿈치를 슬며시 밀어내고는 자신의 갈비뼈를 문질렀어요.

"다시 한번 말해 볼래?"

예리는 팔꿈치를 치켜들며 쏘아붙였어요.

"쯧쯧, 나불거리기는…"

예리의 팔꿈치는 누구보다 가장 뾰족할 거예요. 엉구는 예리의 팔꿈치를 흘끔 보고는 고개를 절레절레 저었어요.

 **우리말 풀이**

순 **나불거리다** : 입을 가볍게 함부로 자꾸 놀리다.
순 **흘끔** : 곁눈으로 슬그머니 한 번 흘겨보는 모양.
  흘끔 〉 흘금
  가볍게 한 번 흘겨보는 모양을 뜻하는 '흘낏'으로 바꿔 써도 돼.
  흘낏 〉 흘깃

"이건 연애편지가 아냐."

다들 대장을 바라보았어요.

"그럼, 그렇지. 큭큭."

"아무것도 쓰여 있지 않네."

예리는 천천히 소매를 걷었어요.

엉구와 물음이는 무시무시한 예리의 팔꿈치가 드러나기 전에 허둥지
둥 소매를 내려 주었어요. 그리고 양옆에서 예리의 팔짱을 꼈어요.

 우리말 풀이

㊞ **허둥지둥** : 정신을 차릴 수 없을 만큼 갈팡질팡하며 몹시 서두르는 모
양.

03 범인으로부터 온 쪽지

가치, 인정, 예절, 견학,
배려, 안전, 이동, 협력, 대화,
해결, 수호, 의사소통,

나는 이 단어들을 모조리 없앨 것이야.
너희는 더는 이 말을
배울 수도 없고 쓸 수도 없다.

단, 이 단어들을 대신할 말을
찾을 시간을 주지.

제한 시간은 단 하루!
시곗바늘은 계속 움직이고 있다.
짜깍째깍 펑~~~

14

 **우리말 풀이**

🔵한 **악필 :** 남들이 알아보기 힘들 정도로 아주 못 쓴 글씨.
반대말은 매우 잘 쓴 글씨라는 뜻으로 '명필' 또는 '달필'이라
고 하지.
쉬운 말로 "글씨를 못 알아보겠다" 또는 "글씨를 잘 썼다"라
고 쓰면 어떨까?

"설마 내 책에도?"

물음이는 사물함에서 사회책을 꺼냈어요. 그리고 거꾸로 쏟아 보았
어요.

엉구와 대장도 서랍에서 책을 꺼내 거꾸로 털어 보았어요.

투두둑, 하얀 종이가 바닥으로 떨어졌어요.

툭 사락, 어떤 것은 반으로 접혀 있고,

토도독, 어떤 것은 활짝 펼쳐졌어요.

가치, 인정, 예절, 견학,
배려, 안전, 이동, 협력, 대화,
해결, 수신호, 의사소통!,

나는 이 단어들을 모조리 없앨 것이다.
너희는 더는 이 말들을
배울 수도 없고 쓸 수도 없다.

단, 이 단어들을 대신할 말을
찾을 시간을 주지.

제한 시간은 단 하루!
시곗바늘은 계속 움직이고 있다.

쩨깍 쩨깍 펑!

📖 **우리말 풀이**

순 **슬기** : 일을 바르게 따지고 잘 다루는 능력.
보통 '슬기롭다', '슬기를 모으다'라고 써.

한 **추리** : 알고 있는 것을 헤아려 아직 모르는 것을 알아내려고 하는 것.
추리 소설은 여러 증거와 상황을 차근차근 따지고 추리해 범죄
사건을 해결해 나가는 소설이야.

예리는 주위를 둘러보고는 혀를 끌끌 차며 말했어요.

"한심해 보여. 유치원 아이들 같아."

"설마, 나도 그래?"

엉구가 물었어요.

예리는 말없이 손을 들어 엉구의 머리를 살살 쓸어 어루만져 주었
어요.

① '못마땅해서 잇따라 혀를 차는 소리'를 찾아봐.
② '손으로 살살 쓸어 어루만짐'을 뜻하는 말은 무엇일까?

탐정단 아이들은 궁금해하며 대장을 바라보았어요.

"내 주변에 앉은 아이들은 쪽지를 받지 않았어."

"감히, 얄라차 탐정단에 도전하다니."

물음이는 가소롭다는 듯이 웃었어요.

쪽지를 들여다보는 예리의 표정은 어두웠어요.

"하루밖에 시간이 없어."

엉구는 빙긋이 웃고 있는 대장을 바라보며 말했어요.

"대장, 뾰족한 수라도 있는 거야?"

"걱정하지 마! 우리 얄라차 탐정단이 해결할 수 있어."

우리말 풀이

🔵 **가소롭다** : 같잖아서 우스운 데가 있다.
　　　　　　 같잖다는 건 무슨 뜻일까? '말하거나 생각할 거리도 못 되
　　　　　　 다.'라는 뜻이야.
　　　　　　 "물음이는 우습게 느껴졌어요."라고 바꿔 쓸 수 있어.

🔵 **수** : 어떤 일을 하는 방법.
　　　　 '뾰족한 수'는 어떤 일을 하는 데 마음에 들 만큼 알맞고 좋은 방
　　　　 법을 말해.

04 방과 후 은행나무 아래에 모인 얄라차 탐정단

"과학 시간 끝나고 좀 이상하지 않았어?"

다들 예리의 말이 무슨 뜻인지 알고 있었어요.

"내 책이 흩어져 있었어."

늘 정리 정돈을 하는 대장이 말했어요.

"내 자리에 이게 떨어져 있었어."

물음이는 검정 사인펜을 흔들어 보였어요.

 우리말 풀이

한 **정리 정돈** : 정리와 정돈이 합해진 말로, 흐트러지고 어지러운 상태를 깨끗하고 가지런하게 하는 것을 말해. 이 단어는 비슷한 말끼리 모인 것 같지만, 분명한 차이가 있어. 예를 들어 공부할 때 쓸모가 없는 것들을 눈에 띄지 않게 치우는 것은 '정리', 공부할 때 필요한 책, 공책, 연필 같은 것들을 쓰기 좋게 제자리에 놓아두는 것은 '정돈'이야.

순 **콩켸팥켸** : 일이나 물건이 마구 뒤섞여 뒤죽박죽된 것을 말함. 시루에 떡을 찔 때 떡의 재료를 순서 없이 마구 집어넣어서 어디까지가 콩 켸이고 어디까지가 팥 켸인지 구분할 수 없다는 데서 온 말이야.

드르륵.

탐정단 아이들은 숨을 헐떡이며 교실 문을 열었어요.

무언가 열심히 적고 있던 선생님은 깜짝 놀라 고개를 들었어요.

"집에 안 가고 왜 다시 왔어? 무슨 일 있니?"

대장은 교실 사물함을 슬쩍 쳐다보고 말했어요.

"다 같이 모여 공부하려고 책을 가지러 왔어요."

"사회책에 나오는 말들이 너무 어려워요."

물음이는 겸연쩍어 머리를 긁적였어요.

우리말 풀이

🔵 **겸연쩍다** : 쑥스럽거나 미안하여 몸 둘 바를 모르게 어색하다.
　　　　　　겸연적다 x
　　　　이때는 "열없게 웃으며 머리를 긁적였다" 또는 "멋쩍은지
　　　　머리를 긁적였어요"로 바꿔 쓸 수 있어.
　　　　'-쩍다'는 몇몇 단어와 어울려 '그러한 것을 느끼게 하는 데
　　　　가 있다'는 뜻을 더할 수 있지. 멋쩍다, 겸연쩍다, 수상쩍다,
　　　　객쩍다, 미안쩍다, 괴이쩍다로 쓸 수 있어.

05 다시 은행나무 아래

예리는 미간을 찡그렸어요.

"책이 엉망이 됐어."

"과학 시간이야."

엉구는 예리처럼 두 눈썹 사이에 주름을 만들었어요.

"우리에게만 이런 짓을 한 걸까?"

물음이의 물음에 대장은 고개를 저으며 단호하게 말했어요.

"아니, 하지만 40분은 이런 짓을 하는 데 그리 긴 시간이 아니야."

예리는 이상하다는 듯이 고개를 갸웃했어요.

"교실에 어떻게 들어갔지? 선생님이 교실 문을 잠그는 것을 봤는데…"

엉구도 한마디 거들었어요.

"신나게 뛰어가다가 공책이랑 교과서랑 연필을 몽땅 떨어뜨렸지 뭐야. 그거 줍다가 내가 제일 꼴찌로 나갔어."

살랑살랑 바람결에 떨어지는 파랗고 작은 은행잎을 바라보던 대장이 말했어요.

"밖에서 선생님이 우리 이름을 부를 때, 대답 안 한 아이는 없었어."

알라차! 누가 어떻게
교실에 들어갔을까?

 **우리말 풀이**

🔵 **거들다** : 여기에서는 '남이 하는 일을 함께 하면서 도와주다.'라는 좋은 뜻으로 쓰였어. 반면, '남의 일이나 이야기에 괜히 끼어들어 아는 체하거나 성가시게 구는 것'이라는 뜻도 있어.

🔵 **바람결** : 한결같이 같은 방향으로 부는 바람의 움직임.

"아휴, 누구야. 이런 짓을 벌인 사람이…"

물음이는 답답한 마음에 고개만 세차게 저었어요.

예리는 물음이의 어깨를 토닥토닥 두드리며 대장을 흉내 냈어요.

"얄라차, 우리 구호 한 번 외칠까?"

"얄라차 얄라차 얄라차, 놀라운 추리. 어떤 사건이든 문제없지, 얄라차 탐정단!"

대장은 자신을 흉내 낸 예리를 따라 하며 말했어요.

"얄라차, 헛수고하게 만들겠어."

얄라차! 오후 6시에 우리 집에서 모이는 거다.

영구야~

작은서점

○○여행사

○○카페

○○학원

이용실

할머니한테 여쭤봐야지.

난 간판을 조사해 볼 거야.

순 **토닥토닥** : 울림이 적은 물체를 가볍게 잇따라 가볍게 두드리는 소리 또는 그 모양을 나타낸 말.

징이나 북같이 울림소리가 큰 물체에는 쓰지 않는 말이야. "우는 아기를 토닥토닥 달래주자", "모래를 쌓고 토닥토닥 두드리면 모래성을 지을 수 있어." 이렇게 쓰지.

순 **헛수고** : 어떤 일에 힘들이고 애를 썼지만 마음 흐뭇한 결과를 얻지 못한 것.

"헛일하게 만들자", "허탕을 치게 만들자", "물거품이 되도록 만들자"로 표현할 수도 있어.

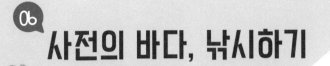

사전의 바다, 낚시하기

표준 국어 대사전에는 50만 자가 실려 있대. 그 많은 말 중에 못 찾아내겠어?

얍!

안내
어떤 내용을 소개해 알려 줌 또는 그런 일.

소통
막히지 아니하고 잘 통함. 또는 뜻이 서로 통하여 오해가 없음.

대비
앞으로 일어날지도 모르는 어떠한 일에 대응하기 위해 미리 준비함.

검토
어떤 사실이나 내용을 분석하여 따짐.

배경
사건이나 환경, 인물 따위를 둘러싼 주위의 정경.

대피
위험이나 피해를 입지 않도록 일시적으로 피함.

이용
대상을 필요에 따라 이롭게 씀.

38

07 할머니에게 가는 길, 알맞은 말 찾기

난, 할머니에게 여쭤보겠어.
할머니는 오래 사셨으니까,
분명 답을 알고 계실 거야. ㉠

출발

할머니는 밤에 주무시다가 ( )를
마시려고 머리맡에 ( ) 두셔.
㉠ 자리끼 ㉡ 머리끼

머리끼는
머리카락을 뜻하는
함경도·평안도의
사투리야.

엉구는 ( )를 가졌어.
㉠ 방석코 ㉡ 쿠션코

배 속에
털이 난다면?

속았지롱,
쿠션코라는 말은
없어.

㉠

㉡

㉠

㉡

내가 ( )이 나서
아무것도 먹지 못하면 할머니는
손으로 배를 쓸어 주셔.
㉠ 털 ㉡ 탈

할머니는 ( )는
두고 알이 굵고 잘 읽은
것만 골라서 따라고
하셔.
㉠ 잔창이 ㉡ 잔챙이

41

08 낱말 십자말풀이

책 속에 분명히 답이 있을 거야.

하-품~

떠들썩

✏️ 가로 문제

① 자신이 경험한 지난 일이나 마음속에 있는 생각을 남에게 일러 주는 말.

② 여럿이 모여 의논함. 또는 그런 모임.

③ 실지로 가서 보고 배우는 것.

④ 학교에서 학습 활동이 이루어지는 방.

⑤ 1993년 대전 엑스포에서 처음 쓴 말로, 남에게 봉사하는 사람. 또는 어떤 일을 거들어 주기 위해 채용된 사람.

⑥ 기계 따위가 지닌 성질이나 기능.

✏️ 세로 문제

㉠ 돈이나 물건·기분 등으로 보탬이 되는 일.

㉡ 어떤 일을 하는 데 알맞은 때.

㉢ 어떤 대상에 대하여 가지는 생각.

㉣ 일정한 목적·교과 과정·설비·제도와 법규에 의하여 계속적으로 학생에게 교육을 실시하는 기관.

㉤ 실을 쉽게 풀어 쓸 수 있도록 한데 뭉치거나 감아 놓은 것.

㉥ 여럿 가운데 뛰어난 특성.

45

46

이곳 세제는 몸에 해롭지 않아.

 우리말 풀이

- 순 **다솜** : 애틋하게 사랑함. 사랑을 뜻하는 순우리말.
- 순 **몽개몽개** : 연기나 구름 따위가 작게 둥근 모양을 이루면서 잇따라 나오는 모양.
- 순 **끄떡끄떡** : 고개 따위를 아래위로 거볍게 계속 움직이는 모양.
- 순 **참** : 거짓의 반대. 일을 할 때 잠시 쉬는 동안 먹는 음식. 잊고 있었거나 별생각 없이 지내던 것이 문득 생각날 때 내는 소리.
- 순 **발품** : 걸어 다니는 수고.
- 순 **방시레** : 소리 없이 입만 살짝 벌리고 밝고 보드랍게 살그머니 웃는 모양을 나타내는 말.

47

10

참 참 참 피자-엉구네 피자집

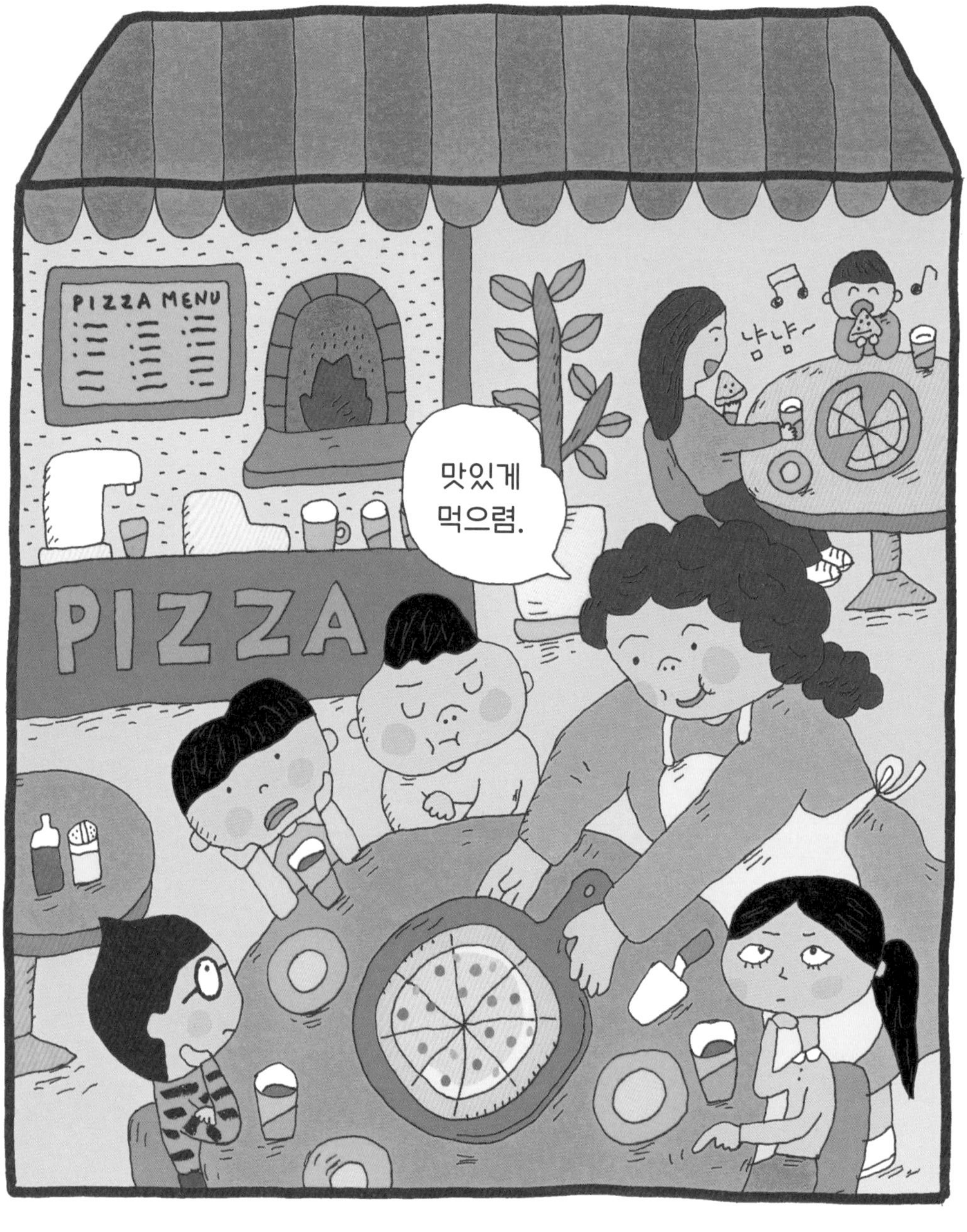

이곳은 얄라차 탐정단 아이들이 자주 모여 사건을 해결하기 위해 머리를 맞대는 곳이에요. 엉구 엄마의 일터이기도 하지요.

"이번엔 무슨 사건이니?"

엉구 엄마는 오븐에서 갓 꺼낸 피자를 아이들 앞에 놓았어요. 치즈와 토핑이 어우러진 피자는 누가 봐도 먹음직스러웠어요.

"누가 사회책에…"

엉구는 서둘러 피자 조각을 떼어내 물음이의 입에 밀어 넣었어요.

"아니에요, 엄마. 우리 공부하는 거예요."

"물음이가 사회책에 나오는 말들이 어렵대요."

엉구는 물음이를 한 번 흘낏 보고는 조각을 하나 더 떼어냈어요. 그것을 예리의 접시에 놓아 주었어요.

"잘 먹을게요. 아줌마, 엉구는 언제나 친절해요."

땡그랑, 문이 열리자 종 모양의 풍경에서 소리가 났어요.

"얄라차! 피자 냄새를 맡으니 엄청나게 배고픈걸."

엉구 엄마가 손님을 맞으러 가자 대장이 목소리를 낮추고 물었어요.

"못 찾았어?"

그 순간 물음이는 몸을 움츠리며 피자로 가득한 입을 손으로 막았어요. 날아드는 예리의 팔꿈치에 놀라 이상한 소리를 낼 뻔했거든요.

"예리야, 네 가시눈 엄청 무섭다."

예리는 엉구의 말에 두 손으로 눈을 비볐어요. 그리고 턱을 괸 채 말했어요.

"물음이는 미주알고주알 해대는 게 좀 흠이야."

물음이는 손에 들고 있던 피자를 꾸역꾸역 입에 넣고는 작은 목소리로 말했어요.

"미안, 나도 모르게 그만…."

이럴 때 바늘[가시]방석에 앉은 것 같다고 하는 거 맞지?

"어른들은 모르시지?"

아이들은 대장의 물음에 말없이 고개를 끄덕였어요.

"얄라차! 그럼 됐어."

이건 처마 끝에 다는 작은 종이야. 경치를 뜻하는 게 아냐.

우리말 풀이

ⓒ **가시눈** : 날카롭게 쏘아보는 눈.

ⓒ **미주알고주알** : 미주알은 항문에 닿아 있는 창자의 끝부분으로, 사람 속의 처음부터 맨 끝부분까지 속속들이 훑어본다는 의미야. 아주 사소한 일까지 따지면서 속속들이 캐고 드는 모양이나 어떤 일을 속속들이 얘기하는 모양을 가리키지. '시시콜콜히'로 바꿔 쓸 수도 있어.

난 배려, 가치, 의사소통을 찾아봤어.

협력, 대화, 해결이란 말은 어려워.

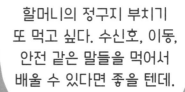

예절 바른 나는 인정을 받는 걸 좋아해. 견학 가는 것도 좋아, 헤헤.

할머니의 정구지 부치기 또 먹고 싶다. 수신호, 이동, 안전 같은 말들을 먹어서 배울 수 있다면 좋을 텐데.

예리는 예리하게 질문을 던졌어요.

"엉구야, 정구지 부치기가 뭐야?"

"기름에 부쳐서 먹는 거 몰라?"

"아, 부침개? 그런데 정구지는 뭐야?"

"정구지가 정구지지… 아마 사투리일 거야. 할머니가 사투리를 쓰시거든. 내가 정구지라고 하면 못 알아듣는 사람이 많더라."

엉구는 엄마에게 가더니 스마트폰을 빌려 왔어요.

"여기에는 사전이 없으니까, 인터넷으로 검색해 볼게."

어학사전

부추 / 정구지 :

정구지 : 부추의 충청도 사투리.
부치기 : 부침개의 충청도 사투리.

방언이구나!

📖 **우리말 풀이**

🔤 **정구지** : 부추의 충청도 사투리. 전라도에서는 부추를 '솔', 경상도에서
는 '전구지'라고 해. 이렇게 우리나라는 지역별로 달리 이름
을 부르기도 해.

얄라차! 다음 보기의 말들을 어떻게
쓰면 좋을지 우리가 써 보자!

보기 마음을 쓰며, 이야기, 손짓, 마음가짐, 풀어, 자리, 몸가짐

물속에서는 (   )으로
생각이나 뜻을 나눈다고
말씀해 주셨습니다.

공손한 말씨와 (   )으로
보고 배웁니다.

서로 (   ) 아무 탈
없이 (   )를 옮깁니다.

공공장소에서 꼭 지켜야
할 몸가짐과 (   )

힘을 합쳐 서로 돕고 주민들과
끊임없이 (   )를 주고받으며
지역 문제를 (   )나갈 수
있었습니다.

온돌은 오늘날 우리의 귀중한
과학 문화유산이며
세계적으로도 (높이 여겨지고)
있습니다.

11 이튿날 사회 시간

교과서를 펼친 아이들은 웅성거리기 시작했어요. 앞뒤로 앉은 친구,

짝꿍과 서로 책을 번갈아 보면서 무슨 일이 일어났는지 살펴보았어요.

"선생님, 책이 이상해요."

"누군가 책에 낙서를 했어요."

"으앙, 구멍도 났어요."

"선생님…"

대장은 자리에서 일어났어요. 그리고 무슨 일이 일어난 건지 선생님

과 아이들에게 설명해 주었어요.

"너희가 범인이 지운 것들을 대신할 말들을 찾았다고?"

"네."

탐정단 아이들은 한소리로 대답했어요.

엉구가 한마디 보탰어요.

"그 말들로 갈음하면 돼요."

"어제 공부한다고 했던 게 이 일 때문이었니?"

"네, 얄라차 탐정단이 해결했어요."

물음이는 어깨를 들먹이며 우쭐해했어요.

대장은 공책을 펼쳐 선생님께 보여 드렸어요.

공책을 찬찬히 들여다보던 선생님의 얼굴에 살며시 미소가 번졌어요.

그리고 얄라차 탐정단이 찾은 말들을 하나씩 칠판에 적고는 아이들에게 말했어요.

"자, 이번엔 우리가 해결해 볼까?"

우리말 풀이

- 순 **갈음** : 이미 있는 것을 다른 것으로 바꿈.
  일한 뒤나 외출할 때 갈아입는 옷을 '갈음옷'이라고 해.
- 순 **들먹이다** : 어깨나 엉덩이가 들렸다 놓였다 하는 모양.
  혹시 친구가 고개를 숙인 채 어깨를 들먹이고 있다면 울고 있을
  지도 몰라. 무심히 지나치지 말고 위로의 말을 건네는 건 어때?

엉망이 된 페이지를 알라차 탐정단이
고쳐봤어!

3-1 사회

물속에서는 수신호를
사용해 의사소통을
한다고 말씀해
주셨습니다.

126쪽

→ 물속에서는 손짓으로
생각이나 뜻을 나눈다
고 말씀해 주셨습니다.

4-1 사회

서로 협력하고
주민들과 끊임없이
대화해 지역 문제를
해결할 수
있었습니다.

138쪽

→ 힘을 합쳐 서로 돕고
주민들과 끊임없이
이야기를 주고받으며
지역 문제를 풀어나갈
수 있었습니다.

4-1 사회

113^쪽

예절을 지키며 견학합니다.
→ 공손한 말씨와 몸가짐으
로 보고 배웁니다.
서로 배려하며 안전하게
이동합니다.
→ 서로 마음을 쓰며 아무
탈 없이 자리를
옮깁니다.

공공장소에서 꼭 지켜야
할 예절
→ 공공장소에서
꼭 지켜야 할 몸가짐과
마음가짐

4-1 사회

159^쪽

온돌은 오늘날
우리의 귀중한 과학
문화유산이며
세계적으로도 그 가치를
인정받고 있습니다.

→ 온돌은 오늘날 우리의
귀중한 과학 문화유산
이며 세계적으로도
높이 여겨지고
있습니다.

물음이의 뒤에 앉은 아이가 말했어요.

"와, 말이 되네."

그러자 다른 아이들도 한마디씩 거들었어요.

 **우리말 풀이**

🌱 **대번에** : 서슴지 않고 단숨에. 또는 그 자리에서 당장.

쉬는 시간이 되자마자, 대장은 누군가를 쫓듯 서둘러 교실 밖을 나갔어요.

"고만 쫓아오지 그래?"

"얄라차! 너였어, 아우라."

"내가 뭘?"

"네 손을 봐. 사인펜은 물에 잘 지워지지 않지."

과연 아우라의 손에는 검정 자국이 묻어 있었어요.

"네가 쪽지를 보냈어, 그렇지? 그것을 만들 때 망고 주스와 초콜릿을 먹었다는 것도 알아."

"내가 망고 주스와 초콜릿을 먹었다고? 네가 봤어?"

"엄마~ 망고 주스."

대장은 아우라의 목소리를 흉내 냈어요. 아우라의 입가에 묻은 초콜

릿을 떠올리자 빙긋이 웃음이 났어요.

"내가 언제 그랬다고 그래?"

아우라의 얼굴은 홍당무처럼 붉어졌어요.

딩동댕, 대장은 뒤돌아서서 교실로 향했어요.

"좋은 탐정은 주위 사람들과도 잘 어울리지. 하지만 넌 너밖에 몰라."

"뭐라고?"

"조금 전에 배운 말들을 잊지 않았으면 해. 네가 사람들에게 마음을 쓰고, 공손하게 말하고, 친구들과 서로 돕고 이야기도 많이 나눴으면 좋겠어. 그러면 너의 오라가 정말로 빛이 날 거야."

"아참, 이것도 있어."

대장은 주머니에 손을 넣어 무언가를 꺼냈어요. 그리고 아우라에게 던져 주었어요.

'헉!'

아우라는 손에 닿은 감촉으로 그것이 무엇인지 알 수 있었어요. 작고 단단한….

대장의 모습이 사라지기 전에 아우라는 핑계라도 대고 싶었어요. 하지만 머릿속에는 아우라가 지우려고 애썼던 말들만 둥둥 떠다니고 있었어요.

대장이 아우라에게 준 것은 무엇일까요? 왜 아우라는 아무 말도 못

한 걸까요?

📖 우리말 풀이

- 외 **오라** : 인체나 물체가 주위에 발산한다고 하는 신령스러운 기운. 보통 소리 나는 대로 '아우라'라고 말하지만, '오라(aura)'라고 적어야 해. 옛날에 죄인을 묶는 데 쓰던 굵고 붉은 줄인 '오라' 와는 전혀 다른 말이야.

- 순 **핑계** : 내키지 아니하는 사태를 피하거나 사실을 감추려고 방패막이 가 되는 다른 일을 내세움. 잘못한 일에 대하여 이리저리 돌 려 말하는 구차한 변명.

12 아우라의 이야기

냉장고를 열어 본 아우라는 마땅찮은 표정을 지으며 냉장고의 문손
잡이를 놓아 버렸어요. 냉장고의 문이 쿵 하고 닫히기도 전에 소리 질
렸죠.

"엄마~ 망고 주스." 잠시 후 대문이
열리고 닫히는 소리가 들렸어요.

사다
놓은 지
며칠이나
됐다고.

"붙일 글자가 너무 많네. 그렇다면…"

아우라는 가위를 내려놓고 연필을 집어 들었어요.

"킥킥, 왼손으로 쓰면 아무도 나인지 모를 거야."

아우라는 책상에 나란히 놓인 쪽지들을 바라보고는 주먹을 불끈 쥐었어요.

"우리 반에서 나만큼 똑똑한 아이는 없어. 대장 말고는…."

한 달 전, 은행나무 아래에서는 아우라와 예리가 눈을 부릅뜨고 서로를 바라보고 있었어요. 둘은 옥신각신하며 팽팽히 맞섰어요.

"네가 얄라차 탐정단이 될 자격이 있다고 생각해?"

"그러는 너는 자격이 있고?"

"예리는 탐정이 될 자격이 충분해."

대장과 물음이, 엉구는 어느새 아우라와 예리 가까이에 와 있었어요.

"뭐라고? 예리가 나만큼 예쁘고 공부 잘하고 재주가 많다고 생각해?"

75

물음이와 엉구는 아우라를 달래듯이 말했어요.

"너도 예리도 얄라차 탐정단이야."

"흥, 예리를 빼. 그렇지 않으면 난 하지 않겠어."

아우라는 단단히 팔짱을 끼고 새초롬한 표정을 지었어요.

우리말 풀이

순 **새초롬하다** : 조금 쌀쌀맞게 시치미를 떼는 태도가 있다. '시치미를 떼다'는 자기가 하고도 하지 않은 척하거나 알고 있으면서도 모르는 체하는 것을 말해. 아우라처럼 새초롬한 표정을 지어 봐.

"왜 반드시 너여야만 하지?"

대장은 차가운 목소리로 물었어요.

예리도 지지 않고 한마디 했어요.

"왜 나를 빼라는 거야? 나도 오늘부터 알라차 탐정단이라고."

 **우리말 풀이**

(순) **가탈** : 괜히 작은 흠을 들춰내서 까다롭게 구는 일.

11

"흥, 난 너보다 예뻐. 게다가 공부도, 운동도 잘해. 그림도 잘 그리고, 피아노도 잘 쳐."

아우라는 홱 돌아서서 대장에게 말했어요.

"예리처럼 겁쟁이도 아냐."

물음이는 아우라의 말에 고개를 끄덕였어요.

"틀린 말은 아닌데…"

"예리도 뭐든 야무지게 잘하는데."

예리는 야무지다는 말의 의미를 정확하게 알지는 못했지만, 기분이 좋았어요. 뭐든 잘한다는 말과 어울린 거로 보아 엉구가 좋은 뜻으로 말했다고 생각했어요.

"네가 빠지면 되겠네!"

아옹다옹하던 아이들은 하나같이 대장을 바라보았어요. 대장의 손가락은 아우라를 가리키고 있었어요.

아우라는 당황해서 아무 말도 못 했어요.

"나도 찬성."

"맞아, 깍쟁이 아우라보다는 예리에 한 표!"

대장의 결정에 물음이와 엉구도 수긍했어요.

![우리말 풀이]

🔵 **야무지다** : 사람의 말이나 행동, 생김새, 성격 등이 똑똑하고 빈틈이 없이 꽤 단단하고 굳세다.

🔵 **깍쟁이** : 행동이나 말이 얄밉도록 아주 약빠른 사람. 이기적이고 인색한 사람.

19

"쿵!"

씩씩거리며 집에 가던 아우라는 길거리에 놓여 있는 의류 수거함을 세차게 걷어찼어요.

"쳇, 엉터리 탐정단 같으니라고."

자꾸만 기분 나쁜 생각이 떠올랐어요. 고개를 세차게 저어 봤어요.

하지만 예리와 대장의 모습이 자꾸만 알씬거렸어요.

'분명 대장은 예리를 좋아하는 걸 거야. 그렇지 않고는…'

아우라는 길을 가다 말고 멈춰 섰어요.

"왜 내가 아니고 예리인 거지? 말도 안 돼."

아우라는 자기도 모르게 아랫입술을 지그시 깨물었어요.

우리말 풀이

순 **알씬거리다** : 작은 것이 잇따라 눈앞에 잠깐씩 나타났다 없어지다.

순 **지그시** : 가볍게 슬그머니 힘을 주거나 누르는 모양. 또는 조용히 참고
견디는 모양. 들리는 대로 적으면 '지긋이'라고 쓸 수도 있어.
'지긋이'는 '나이가 꽤 많아 듬직하게'라는 뜻이야. 전혀 뜻이
다르지? 헷갈리지 않도록 해.

82

⬤13 다음 날 과학 수업 시간

아우라는 화장실을 간다고 하고 교실로 돌아왔어요. 교실 문에는 자물쇠가 채워져 있었어요.

아우라는 빙긋이 웃으며 주머니에 손을 넣었어요.

'흐흐, 이것만 있으면…'

드라이버는 자물쇠를 걸어놓은 고리의 나사 모양과 딱 맞았어요. 아우라는 재빨리 드라이버를 돌려 나사를 빼냈어요.

땡그랑, 나사 하나가 바닥으로 떨어졌어요. 아우라는 재빨리 주변을 훑어보았지만, 아우라의 눈에는 보이지 않았어요.

"휴, 어쩔 수 없지."

아우라는 소리 나지 않게 조금씩 천천히 문을 열고는 교실로 들어갔어요.

 **우리말 풀이**

🌐 **드라이버** : 나사못을 돌려서 박거나 빼는 기구. '나사돌리개'라고 쓰면 어떨까?

14 방과 후 오후

"여기에 구멍이 있는 건 나밖에 모를 거야."

아우라는 주위를 살피며 나풋나풋 학교 건물로 들어섰어요.

우리말 풀이

순 **나풋나풋** : 작은 것이 자꾸 가볍고 날렵하게 움직이는 모양.

사건 해결 당일, 쉬는 시간

정답

20쪽

① '못마땅해서 잇따라 혀를 차는 소리'를 찾아봐.
　끌끌
② '손으로 살살 쓸어 어루만짐'을 뜻하는 말은 무엇일까?
　쓰다듬다

26-27쪽

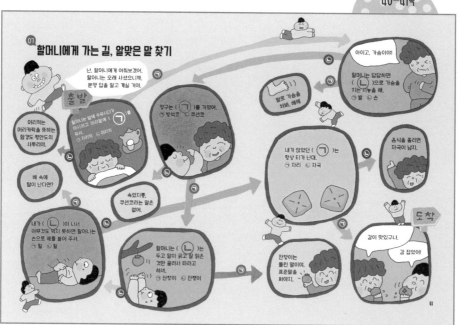

08 낱말 십자말풀이

책 속에 분명히 답이 있을 거야.

가로 문제

① 자신이 경험한 지난 일이나 마음속에 있는 생각을 남에게 일러 주는 말.
② 여럿이 모여 의논함. 또는 그런 모임.
③ 실지로 가서 보고 배우는 것.
④ 학교에서 학습 활동이 이루어지는 방.
⑤ 1993년 대전 엑스포에서 처음 쓴 말로, 남에게 봉사하는 사람. 또는 어떤 일을 거들어 주기 위해 채용된 사람.
⑥ 기계 따위가 지닌 성질이나 기능.

세로 문제

㉠ 돈이나 물건·기분 등으로 보탬이 되는 일.
㉡ 어떤 일을 하는 데 알맞은 때.
㉢ 어떤 대상에 대하여 가지는 생각.
㉣ 일정한 목적·교과 과정·설비·제도와 법규에 의하여 계속적으로 학생에게 교육을 실시하는 기관.
㉤ 실을 쉽게 풀어 쓸 수 있도록 한데 뭉치거나 감아 놓은 것.
㉥ 여럿 가운데 뛰어난 특성.